ORAISON FUNÈBRE

DE TRÈS-HAUT, TRÈS-PUISSANT, ET TRÈS-EXCELLENT

PRINCE

CHARLES-FERDINAND D'ARTOIS,

FILS DE FRANCE,

DUC DE BERRY

PRONONCÉE

Dans l'Église Royale de Saint-Denis, le 14 mars 1820,

PAR M. HYACINTHE-LOUIS DE QUÉLEN,

ARCHEVÊQUE DE TRAJANOPLE, COADJUTEUR DE PARIS.

A PARIS,

Chez Adr. LE CLERE, Éditeur, Libraire, Imprimeur de S. Ém.
Mgr. le Cardinal Archevêque de Paris, quai des Augustins, n°. 35.

1820.

AVIS DE L'ÉDITEUR.

—

Le produit de la vente de cette *Oraison funèbre* sera appliqué au soutien de l'œuvre de charité des Sœurs de Saint-André ou Filles de la Croix, qui se consacrent à l'éducation des enfans pauvres et au soin des malades dans les campagnes. Son Altesse Royale Mme. la Duchesse de Berry, protectrice de cette œuvre, a bien voulu agréer cette destination.

Nota. *Les exemplaires qui ne porteront pas notre signature, seront réputés contrefaits.*

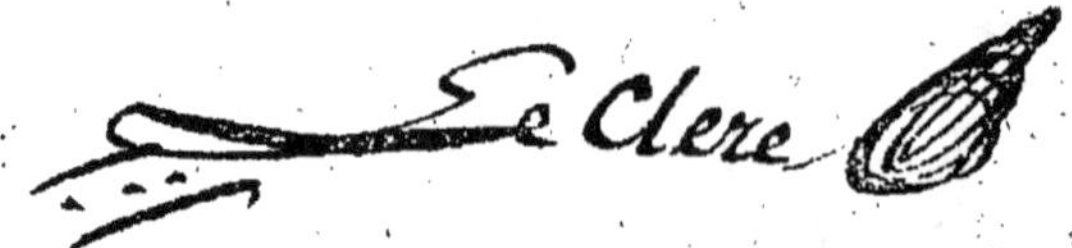

ORAISON FUNÈBRE

DE

CHARLES-FERDINAND D'ARTOIS,

FILS DE FRANCE,

DUC DE BERRY.

Convertam festivitates vestras in luctum, et omnia cantica vestra in planctum ;.... et ponam eam quasi luctum unigeniti.

Je changerai vos fêtes en deuil, et vos concerts en plaintes lamentables ; et je plongerai Israël dans les larmes comme une mère qui a perdu son fils unique.

AMOS, C. VIII, ℣. 10.

MONSEIGNEUR (1);

Lorsque du haut de son trône éternel, le Dieu qui regarde les nations et les rois, avoit juré de visiter et de punir d'une manière éclatante les continuelles prévarications de son peu-

(1) S. A. R. Monseigneur le Duc d'Angoulême.

1

ple, il lui faisoit annoncer par ses prophètes qu'il alloit laisser enfin tomber sur lui son bras étendu, et que le coup dont il l'auroit frappé retentiroit dans l'univers.

Ecoutez, enfans d'Israël, lui disoient-ils, voici l'arrêt qu'a prononcé contre vous le Seigneur des armées. Les fléaux que je vous avois envoyés pour vous avertir n'ont point changé vos cœurs; insensibles aux traits de ma colère, vous n'êtes pas revenus à moi; mes efforts multipliés pour vous guérir n'ont pu vous toucher. C'en est fait, je vais exécuter sur vous toutes mes menaces. Vos villes retentiront de plaintes et de sanglots, et dans vos campagnes on n'entendra que des cris lugubres qui répéteront : *Hélas! hélas* (1)........! Les jours marqués pour l'ivresse et les plaisirs, je les changerai en des jours de deuil et de larmes; ces lieux consacrés aux ris et aux amusemens, je les rendrai silencieux et déserts; les concerts de joie dont ils réson-

____

(1) Amos. v.

noient seront remplacés par des accens lamentables; et tout Israël pleurera comme une
mère qui a perdu son fils unique : *Convertam
festivitates vestras in luctum, et omnia cantica vestra in planctum; .... et ponam eam quasi luctum
unigeniti.*

Ne s'est-elle pas accomplie sur nous dans
toute sa rigueur cette prédiction désolante,
Messieurs ? La consternation universelle, le silence de la capitale, le deuil de ses habitans,
les larmes qui coulent des yeux de tout un peu-
ple, les voix douloureuses qui s'élèvent de toutes
parts, attestent à l'Europe et au monde, plus
encore que tout cet appareil imposant et lugu-
bre, que le Seigneur *a foulé* tous les cœurs françois *dans le pressoir de sa fureur* (1).

Oui, Messieurs, tous les cœurs françois, et
celui du Monarque, qui s'est vu obligé de recevoir, en quelque sorte, le dernier soupir de sa

____

(1) Is. LXIII, 3.

famille; et celui d'un père, qui, dans un seul
de ses enfans, croit voir s'éteindre toute sa pos-
térité; et celui d'une sœur, qui semble ne vivre
que pour voir tomber les uns sur les autres sous
un fer parricide ses augustes et vertueux parens;
et celui d'un frère, qui se sent arracher parmi
les embrassemens les plus tendres un frère qui
faisoit le charme de sa vie; et celui d'une épouse
frappée, de langueur dès sa jeunesse, et con-
damnée à un triste veuvage; et celui de la France,
qui, au milieu des sentimens d'indignation et
d'effroi dont elle est agitée, s'abandonne à sa
douleur, comme une mère inconsolable qui
pleure son fils unique : *Convertam festivitates
vestras in luctum, et omnia cantica vestra in
planctum; ... et ponam eam quasi luctum unigeniti.*

La religion vient à son tour mêler ses soupirs
et ses larmes à tant de larmes et de soupirs;
mais elle vient aussi tempérer de cruelles amer-
tumes par de divines consolations. Si elle s'af-

flige avec nous de toutes les douleurs que la main puissante de Dieu a renfermées dans une aussi accablante épreuve, elle nous découvre en même temps tous les adoucissemens qu'il a plu à sa miséricorde d'y apporter. Le sujet de nos douleurs, les motifs de nos consolations, ce sera le partage de ce Discours, que nous consacrons à la gloire de Dieu, et à la mémoire de très-haut, très-puissant et très-excellent prince CHARLES-FERDINAND D'ARTOIS, fils de France, DUC DE BERRY.

PREMIÈRE PARTIE.

PERDRE un Bourbon, quel malheur pour la France ! perdre un Bourbon semblable à celui qu'elle a perdu, quel surcroît de malheur ! perdre un Bourbon dans les temps et les circonstances où elle l'a perdu, quel excès de malheur !

La France ne peut perdre un Bourbon, Messieurs, sans qu'aussitôt le souvenir de ce qu'elle doit à cette famille auguste ne vienne se retracer à son esprit, et lui faire sentir toute la douleur de sa perte. Famille choisie pour son bonheur et pour sa gloire, race privilégiée, à laquelle nous pouvons appliquer, sans orgueil comme sans flatterie, les éloges décernés dans nos livres saints aux conducteurs du peuple d'Israël : Hommes grands en puissance, mais aussi grands en sagesse, qui gouvernèrent leurs États avec tant de noblesse et de prudence; qui nous ont laissé de si beaux modèles de force et de courage, et ce qui vaut mieux encore, de si beaux modèles de vertus; la gloire qu'ils se sont acquise a traversé les siècles, et nous les louons encore pour ce qu'ils ont fait dans leur vie. *Homines magni virtute; ... imperantes in præsenti populo, ... gloriam adepti sunt, et in diebus suis habentur in laudibus* (1).

____

(1) Eccli. xliv.

En effet, Messieurs, sous quelque point de vue qu'on envisage l'histoire des Bourbons, du côté de leur origine ou de leurs brillantes alliances; du côté des peuples nombreux auxquels ils ont donné des maîtres, ou de l'étendue du royaume dont ils ont si prodigieusement augmenté le territoire; du côté de l'administration et des lois, du gouvernement et de la politique, des sciences et des arts, des talens et des vertus militaires; du côté des Princes qui ennoblirent la patrie, et des Princesses qui embellirent d'autres contrées; du côté de ceux qui nous commandèrent, et de celles qui, ne pouvant régner sur nous, dominèrent sur nos cœurs par l'empire de leur bienfaisance et de leur bonté; il n'est pas un François, il n'est pas un savant, il n'est pas un soldat, il n'est pas un chrétien, que dis-je! il n'est pas un étranger, il n'est pas une nation, quelque rivale qu'on la suppose, qui ne soit forcée de convenir qu'il n'y a rien sous le soleil qui surpasse la grandeur de cette très-chrétienne maison de France ; il n'est personne qui ne reconnoisse que rien ne lui a manqué de ce qui doit lui assurer l'affection des peuples et l'admiration de l'Univers. Non rien, pas même la gloire de l'adversité qu'elle a si magnifiquement conquise ; il n'est point de famille qui ait offert au monde une aussi longue suite de saints, de sages et de héros, depuis cet intrépide Robert-le-Fort, où elle fait remonter son origine, jusqu'à ce brave Duc de Berry, où elle craint de voir s'arrêter sa plus illustre branche ; depuis cette vertueuse Blanche de Bourbon, la plus malheureuse Princesse de son temps, jusqu'à notre céleste Marie-Thérèse, qui surpasse en infortune et en héroïsme toutes les autres filles des Rois, et qui s'élève au milieu d'elles comme le lis entre les épines. *Sicut lilium inter spinas* (1).

Voilà les Bourbons, Messieurs, les voilà tels

____

(1) Cant. II, 2.

qu'une prédilection particulière de Dieu nous les avoit donnés; tels que, dans les jours d'une justice rigoureuse; il nous les a ravis; et tels encore qu'il les a rendus à notre amour: voilà cependant ceux qu'une odieuse philoso‑phie essaya de noircir par ses mensonges, dont un patriotisme hideux, couvert des lambeaux de la misère et des livrées du crime, osa pro‑faner le front auguste, et verser à grands flots l'illustre sang; ceux qu'un fanatisme sacrilége poursuivit jusque dans les ombres de la mort, et à qui il ne voulut pas même laisser un tom‑beau; ceux dont une impiété monstrueuse de‑mande encore la destruction, qu'elle accuse d'attentat contre la félicité publique, et qu'elle ne rougit pas d'appeler (faut‑il prononcer ce blasphême?) *les ennemis et les tyrans de la France.*

Les ennemis de la France! Quoi? ce saint Louis, le plus parfait modèle qu'offre l'his‑toire, qui couvrit le royaume des monumens

de sa charité, et qui, avec le bruit de ses armes, porta la renommée de ses largesses des
bords de la Seine jusqu'aux rives du Jourdain?
Ce bon Henri, qu'au milieu même de ses égare-
mens, la multitude se plaisoit à nommer le Roi
du peuple; ce Louis XIII, plein de justice; ce
Louis-le-Grand, qui donna son nom au beau
siècle, magnifique en tout, dans ses récompen-
ses comme dans ses lois, dans ses serviteurs
comme dans sa personne, dans les revers comme
dans les succès, dont la main savoit également
élever un palais superbe pour la demeure des
Rois, et un superbe asile pour le soldat qu'il
avoit fatigué de victoires! Quoi? ce Louis-le-
Bien-Aimé, dont on cite mille traits de bienfaisance? Peut-être aussi fut-il un tyran ces monarque infortuné qui périt victime de la bonté de
son cœur, et qui *fut clément jusqu'à* devoir *s'en
repentir?*

Les Bourbons *tyrans de la France!* Ah! nous
le savons que la France eut des tyrans qui l'op-

primèrent, qui la firent sécher de frayeur; mais nous savons aussi que ce fut lorsque les Bourbons eurent cessé de la gouverner; qu'éloignés d'elle, ils ne pouvoient plus ni la consoler ni la secourir; et nous savons encore qu'après de longues souffrances, ce fut vers eux qu'elle tourna ses regards affoiblis, qu'elle tendit ses mains défaillantes, et que ce ne fut que par eux qu'elle fut délivrée plusieurs fois de la dure servitude qui la menaçoit.

Je cherche en vain, Messieurs, à charmer notre douleur en vous parlant de ces très-excellens Princes dans une enceinte pleine de leur souvenir, dont les murs retentirent si souvent de leurs louanges, et dont les pierres rediroient au besoin les éloges. Elle ne fait que s'irriter au contraire cette douleur dans un lieu où tant de pleurs ont déjà coulé sur leur mémoire, où tant de larmes couleront encore, et où nous venons à notre tour apporter un immense tribut de gémissemens et de regrets, puisque nous venons y déplorer la perte d'un Bourbon, et d'un Bourbon qui nous rappeloit, avec la noblesse de ses ancêtres, les hautes qualités qui les ont si éminemment distingués devant nos pères.

Oui, Messieurs, et c'est ce qui ne justifie que trop la vivacité de nos regrets et l'abondance de nos larmes. Le Duc de Berry devoit faire aussi, à l'exemple de ses aïeux, la gloire et le bonheur de notre France. Déjà il en étoit l'ornement, en attendant qu'il en fût les délices, et nous pouvons lui appliquer, avec vérité, ces paroles de l'Ecclésiastique, parlant d'un prince de la famille de David : Il marcha généreusement dans la voie de ses pères : *Fortiter ivit in via patris sui* (1). Hélas ! devions-nous ajouter sitôt? Cette constance ne se démentit point entre les bras de la mort, et la fin de sa vie n'a fait que nous révéler les qualités de son grand cœur : *Spiritu magno vidit ultima* (2).

(1) Eccl. xlviii, 25.
(2) *Ibid.* 27.

Dans un siècle où l'incrédulité minant sourdement les trônes alloit en démolir les fondemens jusque dans les consciences ; où, méconnoissant l'autorité de Dieu lui-même, elle méconnoissoit toute espèce d'autorité émanée de lui ; et où, préchant la liberté des penchans et niant l'existence d'un avenir, elle remplaçoit la plus forte sanction des lois par le néant, et arrachoit à la fidélité malheureuse son unique consolation : dans un siècle où, *sortant de son sœur impie* (1), ses fausses et pernicieuses doctrines avoient pénétré partout comme un poison subtil, et s'étoient principalement attachées à infecter l'esprit des grands, qu'elle vouloit endormir sur le bord de l'abîme où elle alloit les précipiter, le Duc de Berry, Messieurs, fut préservé dès son enfance de la contagion générale. Elle n'avoit pas atteint cette famille, qui, destinée à remonter sur le trône des rois très-chrétiens,

______

(1) Ps. xiii.

après avoir parcouru la route des plus grandes tribulations, avoit besoin de toutes les ressources de la foi pour mériter de recevoir cette consécration si vénérable du malheur, qui l'élève maintenant si haut parmi ceux qui participeront désormais à la royauté.

L'éducation du jeune Duc fut confiée à des mains habiles et religieuses, à des maîtres capables non-seulement de lui donner les leçons de la véritable sagesse, mais encore à les appuyer par des exemples. Son auguste père voulut lui transmettre sans altération l'héritage de ce Dauphin de France, qu'un secret jugement de la justice divine nous enleva trop tôt, afin de laisser se déborder ce torrent qui nous a submergés, et qui sembloit devoir nous engloutir pour toujours.

Il avoit compris, ce Prince, aussi judicieux qu'aimable, *qu'il est avantageux à l'homme de porter le joug du Seigneur dès sa jeunesse* (1),

____
(1) Thren. iii, 27.

de se fortifier de bonne heure par des principes solides, que l'emportement des passions peut faire oublier quelquefois, mais qui ne s'effacent jamais d'une ame noble et droite, et qui, dans une occasion décisive, la rendent capable des plus héroïques efforts.

Le Duc de Berry fut donc élevé dans la connoissance de cette loi divine, dont le Roi-Prophète a dit, qu'*avec elle le jeune homme apprend à redresser sa voie, et devient aussi intelligent que les vieillards les plus consommés* (1). Avec les sciences hmaines et avant elles, il apprit la science des saints, la seule qui ne périt pas alors que tout périt; et nous verrons bientôt, pour notre consolation, comme elle le rendit plus habile en un instant que tous les orgueilleux savans du monde.

Nos troubles politiques vinrent interrompre ces études, jeter le jeune Prince dans la car-

_____

(1) Ps. cxviii, 9, 100.

rière des armés, et lui donner occasion de
développer ces vertus militaires qui avoient
coulé dans ses veines avec son sang. L'Europe
coalisée fut témoin de ses premiers essais ; il
les commença dans cette trop funeste campa-
gne, où l'on vit une noblesse généreuse, aban-
donnant ses plus chers intérêts et ses affections
les plus douces, se réunir autour de ses Princes,
afin de préparer à un Monarque malheureux
ou un refuge ou des libérateurs. Le Duc de
Berry, Messieurs, combattoit alors, dès le
premier âge, sous les yeux de celui qui devoit
un jour devenir son Roi et le nôtre ; il conti-
nua de le faire ensuite dans cette armée célèbre,
qui, après le premier choc de notre révolution,
constamment retranchée derrière le Rhin, en
vue de la patrie, soutint l'honneur de notre
chevalerie antique, justifia notre réputation militaire, avant que nous l'eussions portée si loin,
toujours formant avant-garde, toujours proté-
geant les retraites ; dans cette armée dont nous

aurions

aurions aimé à rappeler ici les hauts faits, si nous n'avions craint d'ajouter à notre nouvelle douleur la douleur ancienne d'avoir vu des François divisés rivaliser de bravoure; dans cette armée enfin, disons-le une fois franchement, Messieurs, et n'abandonnons pas cette partie de notre gloire, dans cette armée qui ne connut ni défection ni défaite, commandée qu'elle étoit par trois Condés.

Sous de tels capitaines et avec de tels compagnons d'armes, le Duc de Berry n'eut besoin, pour se perfectionner, que de se laisser aller à son penchant naturel. Aussi devint-il bientôt l'idole du soldat, les délices de ses augustes chefs, l'honneur de l'armée; tant il montroit d'aptitude et de talens; un coup d'œil sûr, une précision de mouvemens sans égale, une exactitude rigoureuse pour la discipline, une sévère vigilance à la maintenir, et avec cela une valeur à toute épreuve, un courage plein d'audace, et un élan qui entraînoit tout après lui.

Quel est l'officier françois, Messieurs, qui ne se fût senti transporté en entendant cette réponse noble et fière du Duc de Berry aux prudentes représentations d'un général étranger, dans une circonstance où le Prince s'étoit élancé avec un petit nombre des siens hors de la ligne chargée de soutenir son action, et qui ne s'ébranloit pas assez vîte au gré de son ardeur : *Que ceux qui sont en arrière courent, s'ils veulent arriver avec moi : un fils de France ne sait pas attendre la gloire, il doit marcher au-devant d'elle* (1). Avec vous, Messieurs, il ne faut qu'un mot semblable pour gagner des batailles : aussi le Prince étoit-il persuadé qu'il lui eût été aussi facile qu'à un autre de vous conduire à la victoire, et de conquérir le monde à la tête de nos soldats.

C'étoit en effet la gloire qu'il aimoit, Messieurs, et non pas le carnage ; sa valeur n'étoit pas une vertu farouche qui se joue de la vie

____

(1) Paroles du Duc de Berry.

des hommes, et qui, pour servir son ambition, prodigue avec mépris le sang des braves. On sait comme celui du François surtout lui étoit cher, comment il le ménagea dans Béthune, et comment, par sa générosité, il força des soldats égarés à mêler au cri du délire le cri de la re-connoissance; rappelant ainsi l'amour paternel de Henri IV, son aïeul, qui, dans les jours où il se vit obligé de faire la conquête de son peu-ple, se précipitoit à la tête de ses bataillons victorieux en criant : *Sauve les François.*

Laissons à l'histoire, Messieurs, le soin de re-cueillir mille autres traits qui signalèrent la vie militaire du Duc de Berry; disons seule-ment, pour achever cette partie de son éloge, qu'un grand Prince dont le nom vivra à jamais dans les fastes de l'armée françoise, et dont l'estime honorera toujours un guerrier; que le Prince de Condé l'aimoit comme son fils, et qu'il ne crut pas pouvoir, en mourant, mieux consoler la constance, la valeur, les services et les souffrances si prolongées de ses anciens compagnons d'armes, que de prier le Duc DE BERRY de leur servir de protecteur auprès du Roi (1).

Mais si l'histoire fidèle s'occupe à retracer, Messieurs, les vertus militaires du Duc DE BERRY, elle ne sera pas moins fidèle à retracer toutes les autres qualités que le temps nous permet à peine de compter. Elle dira son habileté et ce tact si délicat dans les affaires, lorsque la nécessité ou l'obéissance l'obligèrent à y prendre part ; son amour pour les lettres et les sciences, qui lui faisoit encourager tous les talens utiles ; l'ordre et l'économie qu'il savoit établir dans sa maison ; et elle fera remarquer combien cette sagesse intérieure et domestique eût pu devenir avantageuse à la prospérité de l'État. Elle dira sa bonté pour ses amis, et sa générosité, qui lui fit plus d'une fois partager avec eux des ressources dont il avoit besoin pour lui-même ;

(1) Testament du Prince de Condé.

son affabilité, le soin qu'il prenoit de ses serviteurs, et quel fut l'attachement de tous ceux
qui l'approchèrent : elle dira même l'impétuo-
sité de son caractère, qui, emporté par ces premiers mouvemens dont peu de personnes sont
les maîtres, affligea quelquefois malgré lui des
cœurs sensibles et fidèles jusqu'à tout sup-
porter ; mais qui, modérée par l'âge, eût été
si précieuse dans des temps difficiles, parce
qu'elle auroit tempéré sa bonté extrême, et
qu'elle auroit fait trembler les hommes rebelles
et méchans jusqu'à tout oser.

Mais ce que l'histoire ne dira jamais assez,
ce que nous ne pourrons jamais assez louer dans
l'assemblée des saints, ce que les larmes des
pauvres publient, ce qui retentit de toutes
parts dans la capitale, ce qui se répète d'un
bout à l'autre du royaume, ce qui passera de
bouche en bouche et de génération en génération dans les familles malheureuses, ce qui
rend éternelle la mémoire du Prince, c'est sa

bienfaisance continuelle, ses aumônes immenses, sa charité inépuisable, et toute la grâce avec laquelle il savoit doubler le bienfait.

La religion viendra encore embellir ces éloges, et nous apprendra tout ce qu'elle a perdu dans le Duc de Berry. Au milieu du tumulte des camps, malgré les illusions du monde et l'entraînement des désirs, sa foi, Messieurs, jetoit souvent de brillans éclairs ; nous savons, et Dieu nous est témoin que nos paroles sont véritables ; nous savons que dans de graves et importantes circonstances de sa vie il rechercha avec autant de franchise que de simplicité le ministre de la réconciliation, pour mettre ordre à sa conscience et *se tenir prêt* (1), ainsi qu'il le disoit lui-même, *à tout événement*. Nous avons appris de témoins fidèles, que dans les courses impétueuses de ses innocens plaisirs, la vue d'une croix plantée sur son passage faisoit incliner sa tête, et qu'il

____
(1) Paroles du Duc de Berry.

la découvroit devant elle sans respect humain.
Nous l'avons vu nous-mêmes, dans les jours
consacrés à l'adoration de ce signe auguste; dé-
céler, non-seulement tout ce que sa croyance
lui inspiroit de vénération, mais encore tout
ce que son ame renfermoit de piété; nous
l'avons vu, ames ferventes vous comprendrez
ce langage, nous l'avons vu remplissant avec
les princes de sa famille ce devoir de religion
envers la croix, ne se contenter pas d'appliquer ses lèvres sur les pieds et les mains de
son Sauveur, mais aller ensuite les coller avec
une tendre affection sur la plaie de son côté;
comme s'il eût pressenti, que, blessé un jour
au même endroit, il trouveroit dans le cœur
adorable de Jésus le don du repentir et la
grâce des prédestinés.

Tel est le Bourbon, Messieurs, que la France
a perdu, hélas! et dans quel temps, grand
Dieu! dans quelles circonstances, et de quelle
manière! N'étoit-ce donc pas assez d'en avoir

vu périr un si grand nombre sous nos yeux? et voilà qu'une perte cruelle vient nous rappeler à la fois toutes les autres. Encore si l'avenir pouvoit nous offrir quelque dédommagement; mais peut-être que de lis moissonnés en un seul, que de héros morts dans un seul héros; quelle longue suite de Rois glorieux et chrétiens arrêtée peut-être dans un seul prince!

Qui entreprendra de sonder toute la profondeur de cet abîme, de mesurer toute l'étendue de cette mer immense de douleur où la France vient d'être subitement plongée. Elle a pénétré dans son sein comme un feu dévorant (1). Ses entrailles en sont émues, son cœur est inondé d'amertume, toute son ame est bouleversée, un seul coup a ravi peut-être pour jamais à son amour tous les rejetons de cette branche auguste, qui faisoit sa force et sa magnificence, *abstulit omnes magnificos*

____

(1) Thren. 1, 13.

meos (1) ; et c'est pour cela qu'elle fond en pleurs, que ses yeux répandent des ruisseaux de larmes, *idcirco ego plorans et oculus meus deducens aquas* (2).

Vous la consolerez, ô mon Dieu ! vous la consolerez ; nous l'espérons de votre miséricorde ; nous en avons déjà pour garans les adoucissemens que vous avez daigné mêler à ses épreuves : en sorte que nous pouvons dire avec un de vos prophètes, que vous avez devancé le temps, et que, par une puissance et une bonté qui n'appartiennent qu'à vous, vous avez répandu sur le jour le plus ténébreux la douce rosée de votre lumière, *adduxisti diem consolationis* (3). C'est le sujet de la seconde partie.

SECONDE PARTIE.

S'il est des douleurs ineffables, il est aussi

(1) Thren. 15.
(2) *Ibid.* 16.
(3) *Ibid.* 1, 21.

d'ineffables consolations ; la religion nous les découvre, Messieurs, au sein de cette mort même qui nous consterne, dans les admirables et sublimes exemples qui nous y ont été offerts, dans les terribles, mais salutaires leçons qui nous y ont été données, dans les espérances qu'elle nous permet de concevoir.

J'ai à proposer de grands exemples, Messieurs, et non pas à émouvoir de grands sentimens ; je dois chercher à vous instruire plus encore qu'à vous toucher : aussi bien, je ne crois pas que des larmes stériles d'attendrissement honorent assez l'arène glorieuse où le héros chrétien vient d'achever les saints travaux de la foi.

N'attendez donc pas que, vous transportant sur le lieu même de l'horrible catastrophe, je m'arrête à vous en faire la peinture déchirante ; l'idée s'en affoiblit à mesure qu'on essaie de la retracer : ne demandez pas que je vous représente la maison des plaisirs changée tout d'un coup en une maison de deuil ; une jeune et

tendre épouse couverte du sang de son époux,
préparant à la hâte, mais avec une présence
d'esprit qui n'appartient qu'à la piété conju-
gale, la couche funèbre où elle va recevoir ses
derniers embrassemens ; et, dressant de ses
propres mains, l'autel où vont être brisés les
doux nœuds de son alliance; les yeux des guer-
riers humides de pleurs, de nombreux serviteurs arrivant en foule, des hommes qui ne
peuvent assez étouffer leurs sanglots, et des
femmes désolées qui ne peuvent cacher assez
les parures qui ornent leurs têtes, une famille
en larmes, un Roi dans l'accablement, une
Princesse nourrie de malheurs, mais plus forte
que tous les malheurs ensemble, dominant
cette scène de désolation et d'épouvante, comme un cèdre majestueux accoutumé aux tem-
pêtes, ombrage les ruines amoncelées à ses
pieds;...... et tout près de là un assassin tran-
quille....... Mais non, Messieurs, rien ne doit nous dis-

traire de l'admirable et consolant spectacle que vous offre l'héroïsme d'un Prince au milieu de tant d'objets capables d'ébranler la constance la mieux affermie. Il faut le voir tout seul aux prises avec un trépas long et cruel, devenu maître dans le plus difficile de tous les arts, celui de bien mourir.

Lorsque nous vous parlons d'une mort héroïque, ne vous figurez pas, Messieurs, celle d'un sage de l'antiquité païenne, d'un stoïcien, qui, se confiant en sa vertu superbe, débite avec ostentation, à ses amis rassemblés, de pompeuses maximes qu'il n'entend pas bien, et qui cherche à dissimuler jusqu'à la fin, par un orgueil qui se dément, une crainte qui le trahit.

Ici, Messieurs, point de ces paroles, point de ces mouvemens qui décèlent le faux héros; tout y est grand par sa simplicité même, et par l'humilité chrétienne, qui, en élevant l'ame jusqu'au ciel, quel que soit le poids de ses misères, dédaigne ce triste secret de vouloir paroître grand au moment même où toute grandeur humaine s'éclipse et disparoît.

La mort du Duc de Berry fut une mort parfaitement chrétienne, et c'est par-là qu'elle fut une mort parfaitement héroïque ; ajoutons parfaitement consolante, et parfaitement instructive.

En même temps que le fer a percé son sein, la grâce a pénétré dans son ame ; et, par une suite de cette miséricorde dont il fut l'objet, la même grâce qui lui accorde le don du repentir, prolonge miraculeusement une vie qu'il devoit perdre soudain, afin de lui donner le temps de perfectionner sa pénitence, et à nous la consolation d'en admirer et d'en recueillir les fruits.

— O Dieu! put-il alors s'écrier avec le Roi-Prophète : Non, je ne mourrai pas, mais je vivrai, et je raconterai les merveilles de votre miséricorde : *Non moriar, sed vivam, et narrabo opera Domini* (1). Je publierai, avant de quit-

____

(1) Ps. CXVII, 17.

ter la terre, que le Seigneur m'a châtié pour
me corriger, et non pour me perdre ; car il ne
m'a pas livré à une surprise qui pouvoit me plon-
ger dans l'abîme d'un malheur sans fin : *Casti-*
gans castigavit me Dominus, et morti non tradidit
me (1). Ouvrez-vous, portes des saints taber-
nacles, afin que j'y entre, et que j'y rende per-
pétuellement grâces à mon Dieu des faveurs
dont il m'a comblé : *Aperite mihi portas justitiæ ;*
ingressus in eas, confitebor Domino (2).

Continuons avec assurance les paroles du
Psalmiste : Voici la porte de la maison du Seigneur, par où les justes entreront : *Hæc porta*
Domini, justi intrabunt in eam (3). Vous pouvez
en approcher maintenant, ministres de la religion, pontife du Dieu de toute sainteté, et vous
pasteur vénérable ; approchez sans honte d'un
séjour que la dignité de votre caractère, et la
majesté de vos fonctions sembloient vous inter-

(1) *Ps.* cxvii, 18.
(2) *Ibid.* 19.
(3) *Ibid.* 20.

diré à jamais. La grâce du Seigneur y habite, elle l'a changé en un sanctuaire digne de lui, elle y opère des merveilles dont elle va vous rendre les témoins et les instrumens.

Le Duc de Berry les avoit appelés plus tôt encore que les médecins, qu'il savoit *ne pouvoir prolonger son existence* (1). Son premier cri, en se sentant blessé, fut pour la religion, dont il ne cessa de réclamer les secours jusqu'au dernier soupir de sa vie, et ils lui furent prodigués. Il ne regardoit pas comme une foiblesse, Messieurs, indigne des militaires, de demander un prêtre pour l'assister à ce moment suprême ; il ne croyoit pas qu'il y eût quelque honneur à braver le Dieu vivant et terrible au moment de tomber entre les mains de son inévitable justice. Avec la même franchise qui lui faisoit avouer les torts qu'il croyoit avoir à se reprocher envers ses amis, il faisoit la confession des péchés dont il se sentoit coupable envers Dieu ; mais avec une com-

(1) Paroles du Duc de Berry.

ponction si sincère et si vive qu'elle arrachoit
les larmes de tous ceux qui l'entendoit. Car ce
n'étoit point assez pour ce cœur repentant, de
déposer ses fautes dans le secret de Dieu, en
les confiant au ministre qui a reçu le pouvoir
de les remettre au ciel comme sur la terre : à
l'exemple de David, ce grand Roi, le Duc de
Berry faisoit encore une accusation publique
et solennelle de ses péchés ; tant il étoit plein
de sa reconnoissance : il ne pouvoit la renfer-
mer en lui-même ; il auroit voulu annoncer à
l'univers entier la miséricorde dont il venoit
d'être l'objet : c'étoit ainsi qu'il appeloit le coup
imprévu qui l'avoit jeté entre les bras de son
Dieu.

Tout en effet avoit changé de nom pour ce
héros chrétien que la grâce venoit d'éclairer, et
devant qui sa vive et nouvelle lumière avoit fait
comme évanouir, dit Bossuet, toutes les igno-
rances des sens. Ni la gloire, ni la puissance, ni l'éclat d'un trône où sa naissance l'appeloit

peloit un jour, ni les années que sembloient lui promettre sa jeunesse, ni les douceurs de la plus heureuse union, ni celles de l'amitié, si rare parmi les Princes, n'auront de lui un regret ou un soupir; ce ne sont plus à ses yeux que *des liens que le Seigneur a rompus pour lui laisser offrir en liberté le sacrifice de louanges* (1). Il n'a de regret que pour ses péchés; il ne soupire qu'après la grâce qui les pardonne; il remercie son divin libérateur qui s'est hâté de le retirer du milieu des iniquités du siècle et des périls auxquels les illusions du monde expose si souvent la conversion la mieux assurée.

Nous avons appris de l'apôtre que la tribulation opère la patience: *Tribulatio patientiam operatur* (2); cette vertu surnaturelle, qui nous tient soumis et résignés malgré la vivacité du caractère, les répugnances de la nature, la violence

(1) Ps. cxv, 16.

(2) Rom. vii, 3.

et l'étendue de la douleur ; mais aussi qui per-
fectionne tellement la charité, qu'elle peut, en
un instant, purifier le cœur et le réconcilier avec
Dieu. Elle fut donnée au Prince pour notre
édification, Messieurs. Quelles plaintes lui
a-t-on entendu former ? quel murmure est sorti
de sa bouche pendant la durée de cette longue
et cruelle agonie, sinon des plaintes touchantes
vers celui qu'il se repentoit de n'avoir pas assez
aimé, des murmures contre lui-même de ne
l'avoir pas assez bien servi ? reconnoissant toujours que son Dieu le traitoit trop favorablement,
se trouvant trop heureux qu'il daignât prolonger
ses souffrances, afin d'achever ici-bas l'expiation
qu'il disoit avoir méritée ; exhortant enfin ceux
qui l'entouroient à profiter pour eux-mêmes
d'un avertissement si sensible, et à ne pas attendre les derniers soupirs pour prendre des sentimens que l'incertitude du moment de la mort
devroit nous inspirer à tous les momens de la
vie.

Ne croyez pas cependant, Messieurs, que les sentimens de piété, même ceux que la grâce inspire aux mourans, soient étrangers aux affections les plus légitimes de la nature. Ce seroit calomnier la religion que de la représenter comme une vertu sombre et concentrée, qui, en occupant le chrétien de sa sanctification, lui fait oublier les intérêts d'autrui. Douce et bonne comme son auteur, si elle le rend justement sévère quand il s'agit de condamner et de punir le déréglement des penchans, elle le rend aussi jusqu'à la fin tendrement sensible pour tous ceux que des liens sacrés lui attachèrent. Le Duc DE BERRY avoit des amis dévoués, des serviteurs fidèles, et nous avons vu qu'il méritoit d'en avoir; il pense à leur sort avec une généreuse sollicitude, et pour leur laisser à tous une marque de son souvenir perpétuel, il veut, *avant de mourir, embrasser le premier de tous et le plus ancien* (1).

(1) M. le comte de Nantouillet.

Il avoit une épouse, et nous savons ce qu'ils étoient l'un pour l'autre; il lui exprime toute sa tendresse, en l'assurant qu'il *ne peut mourir heureux qu'entre ses bras* (1). Il avoit une fille, *chère enfant*, capable à peine de sourire à ses caresses; *il la demande, il la bénit, et lui souhaite d'être moins malheureuse que sa famille* (2). Il avoit encore une famille....! Hélas! les restes échappés au meurtre et à l'exil, tenoient sans peine dans la chambre étroite où étoit étendu l'auguste mourant; il cherche à la consoler par les plus touchans adieux. Il avoit un Roi, sur la main duquel il désire appliquer ses lèvres éteintes, pour lui donner un dernier gage de dévouement et de respect; il avoit une patrie, ses derniers vœux furent pour elle....

Ainsi mourut le Prince, Messieurs, plein d'une foi vive et rempli d'une tendre confiance.

(1) Paroles du Duc de Berry.
(2) *Idem.*

vous le savez, Monseigneur, en cette *très-sainte Vierge*, en Marie *secours des chrétiens*, sous la protection de laquelle on ne périt pas éternellement. C'est ainsi qu'il rendit à Dieu *cette belle ame qui avoit été créée pour le ciel, et qui devoit y retourner* (1).... La mort, presque toujours l'écueil et le terme fatal de la gloire des grands, ne fit que couronner la sienne, et nous pouvons avec une vérité pleine de consolation, lui appliquer ce passage du livre de la Sagesse: en peu de temps, en quelques heures, il a fourni une immense carrière. *Consummatus in brevi explevit tempora multa* (2).

Il me semble vous entendre, Messieurs; vous m'accusez en secret de retrancher de ce douloureux récit ce qu'il a de plus frappant et de plus admirable, et d'omettre ce que cette mort chrétienne renferme de plus héroïque et de plus

______

(1) Paroles de S. A. R. Mme. la Duchesse DE BERRY.
(2) Sap. IV, 13.

sublime. Dieu me garde de passer sous silence cette vertu immortelle, qui, commandée dans la nouvelle loi comme un rigoureux devoir, fut solennellement proclamée sur le Calvaire pour le salut du genre humain, qui s'est montrée de nos jours si grande sur un échafaud, et qui vient de paroître encore avec tant de majesté sous le fer d'un assassin..... le pardon des injures et l'amour des ennemis....! vertu d'un Dieu crucifié, vertu d'un Roi martyr, vertu des Bourbons persécutés, qui a reparu sur le trône avec eux, et qui doit faire tomber à leurs genoux tout un royaume, comme elle a fait tomber toute la terre aux pieds de Jésus-Christ!

C'est elle, Messieurs, qui consomma l'ouvrage de la rédemption du Sauveur, c'est elle qui rehausse magnifiquement l'éclat des consolans exemples que nous a laissés le Prince, et si nous l'avons isolée des autres circonstances de sa mort, c'est pour l'admirer un instant toute seule avec vous.

A peine le Duc de Berry avoit-il recouvré l'usage des sens et de la parole, qu'entrant aussitôt dans les plus généreux sentimens, il sollicita le pardon de celui qui venoit de lui arracher la vie. Comme son divin modèle, il ne l'appelle ni son ennemi ni son bourreau, comme lui il l'excuse; comme lui il conjure son père et son Roi d'avoir égard à sa prière; comme lui il retrouve des forces pour tâcher d'obtenir avec un grand cri la grâce du coupable; comme lui enfin, au milieu des angoisses qui annoncent sa dernière heure, il redouble ses instances, afin d'être exaucé. Calme pour tout le reste, il ne témoigne d'inquiétude que pour ce seul objet, et il ne regrette la vie que parce qu'il espère qu'en ne mourant pas, il pourra sauver du supplice un traître et indigne François. Ah! puisse au moins tant de générosité toucher son cœur de bronze, l'incliner au repentir, et le soustraire ainsi aux ardeurs des flammes éternelles!

Le Duc de Berry n'est plus! et sa mort, qui

nous a fourni de si beaux exemples, nous a donné aussi de terribles mais salutaires leçons. Au sein de cette nuit fatale un éclair a brillé; il nous a montré l'affreux précipice ouvert à nos côtés, et les ennemis impitoyables qui travaillent sans cesse à creuser le tombeau de notre patrie. Les avoir signalés, Messieurs, c'est nous avoir offert dans notre malheur un nouveau motif de consolation. Or, ces deux redoutables ennemis de notre félicité sociale et particulière, n'en doutons pas, ce sont nos iniquités et nos erreurs. Un moment de méditation, je vous prie, avant de finir, devant ce triste cercueil, qui, avec tant d'espérances évanouies, cache cependant encore tant de précieuses ressources.

Soyons justes, Messieurs, et selon la sentence marquée au livre des Proverbes (1), nous serons nos premiers accusateurs. Oui, ce sont nos iniquités, accumulées jusqu'au ciel, qui ont forcé le

____

(1) Prov. xviii, 17.

Seigneur de faire pleuvoir sur nous ce déluge de maux qui tombe encore après trente ans ; ce sont elles qui ont préparé tous ces fléaux destructeurs qui nous ont ravagés tour à tour ; qui, à l'abus le plus criminel de la liberté publique ont fait succéder le plus rigoureux asservissement ; aux cris des dissentions civiles le silence de la stupeur et de l'effroi ; à la guerre intestine les guerres extérieures ; à nos places inondées du sang des citoyens paisibles, les plaines étrangères et lointaines couvertes des cadavres mutilés de notre jeunesse. Ce sont elles, ce sont nos péchés qui ont attiré du sein de la mer, qui ont fait éclater sur nos têtes cet épouvantable orage dont les traces sont si profondes, et dont les suites, de notre aveu même, ont été plus déplorables encore que celles de notre première effervescence.

Il est vrai que malgré les rigueurs de sa justice le Seigneur n'a pas oublié ses miséricordes, et que par une suite de miracles sans nombre, il a essayé de nous ramener à lui par les bienfaits? Mais n'est-il pas aussi vrai que ses faveurs ne nous ont pas plus touchés que ses châtimens, et qu'après avoir été frappés sans être convertis, nous avons été secourus sans être changés. Où sont les marques de notre repentir et les fruits de notre pénitence?... Et voilà pourquoi le Seigneur vient de rouvrir nos plaies, et de nous en faire une nouvelle, qui ne sera peut-être jamais cicatrisée.

Convertissons-nous à Dieu, mes frères, et il la guérira. En nous punissant, il nous a épargnés, puisque le même jour, qui a vu ensanglanter le trône, pouvoit nous le montrer vide et solitaire. L'avertissement est terrible; mais il nous deviendra profitable, s'il nous décide à fléchir par d'humbles prières la colère d'un Dieu justement irrité, et à enfanter avec douleur cet esprit de pénitence qui l'engage à nous protéger encore. Songeons, mes frères, songeons que *le calice de sa fureur n'est pas épuisé, et qu'il reste au fond de la coupe une lie épaisse dont il enivre les peuples endurcis* (1).

« Mais en détestant nos crimes passés, abjurons encore nos erreurs. Oui, nos erreurs ; j'appelle de ce nom ces doctrines mensongères et perverses, dont nos malheurs, et celui qui achève de nous accabler, ne sont que l'étroite conséquence. Il n'y a plus à craindre aujourd'hui qu'on nous accuse d'exagérer. Il n'est que trop évident que l'attentat qui nous a ravi un Prince qui faisoit notre espoir, n'est pas l'œuvre d'un seul ni la vengeance d'un homme, mais le résultat d'un système que l'impiété est en possession d'établir par des principes et de démontrer par des exemples. Ce n'est pas un fer criminel, mais mille plumes empoisonnées qui ont causé cette prompte et cruelle mort, que nos larmes ne répareront pas. Ce n'est pas un athée, mais l'athéisme, dont on a laissé dire que nos lois elles-

____

(1) Ps. LXXIV, 9.

mêmes sont empreintes ; l'athéisme prêché, répandu dans les villes et dans les campagnes avec une licence qu'on nomme liberté ; à peu près, dit saint Augustin, comme celle d'enfans furieux qui brisent tout ce qu'ils trouvent sur leur passage, qui se jettent dans les flammes ou se précipitent dans les ondes, et qui se vantent d'être libres, parce qu'ils courent çà et là sans savoir où ils vont ni ce qu'ils font.

Qui osera nier que c'est-là la véritable cause de l'effroyable catastrophe qui nous plonge dans le deuil et la consternation, après l'horrible aveu que nous avons entendu ? Les princes, les rois, la société, sont-ils quelque chose à celui pour qui *Dieu n'est qu'un mot ?*

Eh quoi, Messieurs, ne le savions-nous pas que l'irréligion tue les rois et renverse les empires ? Ne l'avions-nous pas appris déjà par notre expérience ? Pouvions-nous ignorer qu'elle ne se repose point, qu'elle ne se délasse d'un forfait qu'en méditant des forfaits plus affreux ; que son souverain plaisir n'est pas de les avoir commis, mais d'en inventer de nouveaux; et que, semblable au démon qui l'a engendrée, elle les savoure avec délices?

Ah! sans doute nous le savions, mais nous l'avions oublié : la voix des pasteurs, les conseils d'amis désintéressés et fidèles, le progrès des dangereuses maximes, les alarmes de nos voisins, les chants de triomphe et les cris de victoire des méchans, rien n'avoit pu nous réveiller de notre assoupissement, nous inspirer de sages et sévères précautions contre un funeste retour; il a fallu qu'un coup de tonnerre vînt nous tirer de cette léthargie mortelle : et combien nous expions notre indifférence ou notre crédulité!

Qu'une aussi dure leçon ne soit pas du moins perdue : n'attendons pas que le poignard aiguisé ait fait d'autres blessures; condamnons, abjurons, rejetons pour toujours l'impiété sur la tombe de la royale victime qui vient encore d'expirer sous ses coups.

Ce sera alors une des plus solides consolations permises à notre douleur, en même temps qu'un nouveau titre à votre gloire et à notre reconnoissance, ô Prince cher et digne objet de nos larmes ! On dit qu'à votre lit de mort vous regrettâtes, en présence des valeureux chefs de l'armée, de n'avoir pu verser votre sang en combattant pour la France ; mais si votre mort lui ouvre les yeux, si elle lui découvre les véritables sources des tribulations qui pèsent sur elle, si elle la détermine à les arrêter et à les tarir, si elle appaise les discordes, si elle réunit les opinions diverses dans un seul sentiment d'amour, si elle affermit le trône ; si en renouvellant sa foi antique, elle régénère, elle sauve cette belle et malheureuse France que vous aimiez tant : ah, Prince ! consolez-vous, ne regrettez ni la vie, ni la manière dont vous l'avez perdue ; il n'importe le lieu, il n'importe le temps, il n'importe la main, vous aurez servi la patrie plus que vous ne l'eussiez fait à la tête de légions triomphantes , plus que si vous eussiez arrosé les champs de bataille de votre sang généreux...! Vous pouvez dormir le glorieux sommeil de vos pères ; car en mourant vous aurez remporté la plus éclatante et la plus désirable des victoires !

Nous vous demandons encore ce miracle, Seigneur ; versez sur nos maux extrêmes des consolations proportionnées aux douleurs qui ont pénétré dans notre ame : écoutez le cri françois qui sort du fond de nos entrailles bouleversées.....! répétons-la tous ensemble , Messieurs, cette prière nationale et chrétienne qui pénétrera les cieux ; par la vertu immortelle du sacrifice que nous allons achever, le Duc de Berry nous répondra du haut du céleste séjour : répétons-la , mais avec la volonté généreuse de seconder les desseins de la Providence, par la fidélité, par le dévouement, et, s'il le faut, par le sacrifice même de notre vie....

.....Grand Dieu! sauvez le Roi; qu'accablé de

peines il trouve cependant quelque joie dans la protection de votre droite et dans la force que vous lui donnerez; réduisez au néant tous ses ennemis (1); multipliez ses jours (2) malgré leurs efforts, afin qu'il puisse davantage étendre la gloire de votre nom!

...Grand Dieu! sauvez le Roi, sauvez les Princes et les Princesses de son sang; sauvez son espérance et la nôtre; épargnez la dernière étincelle de David, et rallumez son flambeau presque éteint...! Grand Dieu! sauvez le Roi!!!

AMEN.

(1) Ps. xx, 2.
(2) Ps. LX, 7.

FIN.